Vladimir Sorokin · Ein Monat in Dachau

VLADIMIR SOROKIN

Ein Monat in Dachau

AUS DEM RUSSISCHEN
VON PETER URBAN

HAFFMANS VERLAG

Titel des russischen Originalmanuskripts
»Месяц в Дахау«,
geschrieben 1990

ISBN 3 251 00208 2

1. 5. 1990. Der Saturn in Opposition zu Jupiter. Laut I Ging stehen in meinem Trigramm »Glücklicher Abschluß« und »Schrei des Käuzchens«. Der Slavische Kalender verspricht einen »Birkenweg«. Der Wassermann in verhängnisvoller Abhängigkeit von der Venus. Alles, alles hängt voneinander ab, alles ist die totale Vermitteltheit und Unfreiheit. Wir kleben in dieser Abhängigkeit wie die Fliegen im Honig, und jede unserer noch so leisen Bewegungen verursacht Wellen, Wellen. Die andere überspülen. Schrecklich, aber man muß sich damit abfinden. War heute zum drittenmal bei IHNEN. Die ganze Zeit unter den schrecklichsten Qualen, Anspannung. Und Demütigung. Megatonnen Demütigung. Dieses Schwein im Kittel hat den Stempel aufgedrückt. Aber, Herrgott, um welchen Preis. Wieder Ohrfeigen, wieder die heiseren Versprechungen, mir »nach der Rückkehr die Därme aus dem Leib zu treten«. Wieder ein ungeheuerliches, unmenschliches Gespräch. Ich kann mit ihnen nicht reden. Wie sehr sie das lieben und wie sehr sie demütigen können! Dieser Nikolaj Petrovič will ganz offensichtlich Chef werden. Herrgott, wie oft noch, wie oft? Und wieder war ich kein Widerstandskämpfer. Und die

Gesichter, Gesichter. Wie Stücke rohen Fleischs. Aber – ich habe durchgehalten. Wer ein Ziel hat, hält alles durch. Hauptsache:

GENEHMIGUNG

Sorokin, Vladimir Georgievič, geboren am 7. 8. 1955, Russe, parteilos, wird die ungehinderte Ausreise aus der UdSSR in das Deutsche Reich genehmigt zur Verbringung des Jahresurlaubs (28 Tage) im Konzentrationslager der Stadt Dachau.

Stellvertr. Direktor MGB für Visumsangelegenheiten der St. Moskau
Oberst des MGB Sokolov N. P.

2. 5. 1990. Weißrussischer Bahnhof. Der Zug nach München – 20.07 Uhr. »Beobachtung« und »Heer« laut I Ging. Möglicherweise Gefahr. Voraussage der Araber – »Drei Viertel«. Der Slavische Kalender verspricht nach wie vor seinen »Birkenweg«. Hoffnung. Jeder lebt von Hoffnungen. Ich hoffe, alles wird gut gehn. Herrgott, hilf mir auf meinem beschwerlichen Weg. Ein Bahnhof, ungeheuerlich. Stinkende Bauern in Bastschuhen, Zigeuner, Pilger aus Amerika mit ihren idiotischen wellenförmigen Aufnähern. Alles ver-

dreckt, besudelt. Und als Apotheose der Geschmacklosigkeit – ein acht Meter hoher Stalin aus schwarzem Granit neben einer sechs Meter hohen Achmatova aus weißem Marmor. Und Junge Pioniere mit stumpfen Gesichtern als Ehrenwache. Kinder aus der Hitlerjugend, zwei (ich glaube: mongolische) Offiziere legen Kränze nieder. Die Gesichter, Kindergesichter. Es ist bedrückend, eine Generation von Gleichgültigen zu sehen, die schon von klein auf mit Apathie infiziert wurden. Und das ist ohne jeden Zweifel unsere Schuld, und nicht die derjenigen mit den fleischigen Gesichtern. Auch, daß sie die Blumen zuerst Stalin zu Füßen legen und dann erst Anna Andreevna, ist unsere Schuld. Und alles – in Blut und Tränen, im Schmutz. Eigentlich ist unser ganzes Leben ein Bahnhof, wie die Cvetaeva sagt. Ewiges Warten auf den Zug, auf unseren russischen Zug, für den die Fahrkarten noch unsere Großväter gekauft haben. Und wir bewahren sie bis heute auf, diese vergilbten Pappkärtchen, in der Hoffnung, einmal ausreisen zu dürfen. Herrgott, ich bin bereit, zu spät zu kommen, zurückzubleiben, verrostete Geleise entlangzukriechen. Aber wohin? Horden von Invaliden, die betteln, auf die zudringlichste Art. Nette, liebe russische Menschen ohne Beine. Euch – hat »der Feind das Haus über dem Kopf angezündet«, vor mir – liegt eine »weite Reise mit allen möglichen Beschwerlichkeiten«. Der alte rotgesichtige Gepäckträger, der viel gesehen hat, stößt sie mit meinen beiden Koffern beiseite, sie fallen hin auf den schmierigen Bahnsteig, stehen aber sofort wieder, wie Stehaufmännchen. Die

Analogie ist evident, die Tränen steigen wie von selbst in die Augen. Die Nerven, die Nerven. Sie sind kaputt. Schon seit einem halben Jahrhundert sind wir ohne Beine, man schlägt uns, wir stehen wieder auf, man pißt uns ins Gesicht, wie mir Nikolaj Petrovič beim ersten Verhör, wir wischen es ab, wischen uns trocken. Gut, daß es eine Schaffnerin ist, kein Schaffner. Aber eine unheimliche Visage: – Nehmen Sie, bitte, Platz.

Sie schaut mich sehr unangenehm an. Es ist der Blick des absoluten Unverständnisses, der aggressiven Ablehnung, der Blick der mentalen Unvereinbarkeit. Oje, der Abgrund zwischen uns ist ontologisch. Der Gepäckträger hat die Koffer ins Abteil getragen, und hier – eine angenehme Überraschung: ich bin allein im Abteil. Ist das der Anfang des weißen Streifens? Gebs Gott. Das Schlimmste auf der Welt: das Abteil in einem Zug ins Ausland. Was kann wehmütiger stimmen als diese buchenholzverkleideten Wände, die Nickelgriffe, die Seidenvorhängchen und Plüschsofas? Und doch, wieviel Erregung liegt in dieser Wehmut, wieviel Erwartung. Vor einem halben Jahr an einem schwarzen Dezemberabend habe ich davon geträumt, wie ich dieses Abteil der Wehmut betrete. Ich setze mich hin. Der Zug fährt an, Tee wird gebracht, das hartgekochte Ei kollert auf dem Fenstertischchen. Gott sei Dank! Jetzt nur noch das düstere Ritual hinter sich bringen, sozusagen die Eucharistie des MPS. Das gelingt mir immer nur mit Mühe. Die Schaffnerin kommt herein, schweigend schiebt sie die Abteiltür zu. Ich stehe auf. Schweigend hält

sie mir das Kästchen entgegen. Ich nehme es, öffne es, rieche. Sie gibt mir den Löffel. Ich löffle, esse. Gebe es ihr zurück. Das wars. Und doch ist jedesmal das Herz beklommen. Warum? Ist es Angst? Aber Angst wovor? Man muß dagegen ankämpfen, ankämpfen. Die Deutschen essen es auch, wenn sie nach Rußland fahren. Wiener Verträge 1967. Also, Schluß aus vorbei. Die Tür ist verriegelt, ich ziehe den Morgenrock über, stecke mir eine Pfeife an. An meinen Augen vorbei zieht die nicht enden wollende Moskauer Vorstadt. Der glänzende Ribbentrop hat schon 1956 über Moskau gewitzelt (schöner Witz!), die Stadt sei von einer Geschwulst befallen, deren Gutartigkeit höchst fragwürdig sei. Chruščov lächelte, verständnislos. Mein Gott, mein Gott, was ist nur aus meiner Vaterstadt geworden? Und warum muß ausgerechnet ich diese schreckliche Entartung mitansehen? Herrgott, wie ist das alles widerwärtig, bedrückend, wie beschämend. Obwohl auch Berlin, wie ich zugeben muß, von Harmonie weit entfernt ist: die Gigantomanie des Kuppelsbergs, die geschmacklosen Thorak-Titanen, der abgeschmackte Siegesbrunnen, die Türkenscheiße auf dem Kreuzberger Straßenpflaster. Ach ja, das zwanzigste Jahrhundert insgesamt ist antiästhetisch. Ich sehe das ein, aber einsehen w a r u m das so ist, kann ich nicht, will ich nicht, lehne ich ab! Sie hat mir Tee gebracht. Jetzt fahren wir durch Wald. Sofort wird einem leichter ums Herz, atmet und denkt es sich leichter. Unter Bäumen zu leben ist besser. Nur die Natur kann wirklich beruhigen. Ich bin müde. Ein ungeheuerliches Jahr. Das Leben wird nicht

gegeben, um glücklich zu sein, wie Leskov, im Sterben liegend, schrieb. Aber auch nicht, um zu leiden, wie Kaltenbrunner überzeugend nachgewiesen hat.

3.5.1990. Jähes Erwachen in Brest. Die widerwärtige, gemeine Tradition. Aus dem warmen Mischmasch des Schlafs zerrten sie uns auf den Zoll. Als ich nackt auf dem pisseüberströmten Betonfußboden lag (hier pißt jeder, vor Angst), dröhnte mir der blaunasige Leutnant, Weißrusse, entgegen, daß mich meine Genehmigung nicht der Leibesvisitation enthöbe. Und gründlich visitierte er sämtliche Stellen. Ein stumpfsinniges Arbeitsvieh mit der Mentalität eines Schweins. Der Nase und den Pickeln nach zu schließen, ein Freund von selbstgebranntem Schnaps, Speck und zerstampften Kartoffeln. Ein unglückliches Wesen. In Rußland sind alle und jeder unglücklich – die Henker wie die Opfer. Herrgott, vergib uns allen. Und sei uns gnädig. Als ich in mein Abteil zurückkehrte, saß dort ein Mitreisender – ein grauhaariger, intelligent aussehender Obersturmbannführer SS mit Aktentasche, Eisernem Kreuz und dem Band der Leibstandarte »Omega«. Zugegeben, ich kann Uniformierte nicht ausstehen, und dagegen ist auch nichts zu machen, aber mein Reisegefährte erwies sich als angenehme Ausnahme, er verblüffte und erfreute mit mit seiner

durchaus nicht oberflächlichen Intelligenz. Schon nach einer halben Stunde unterhielten wir uns lebhaft, wie alte Bekannte. Wie sich herausstellte, kam er aus Minsk, wo er an der dortigen Parade zum Ersten Mai teilgenommen hatte, und befand sich nun auf der Rückreise zu seiner ruhmreichen Division nach Warschau. Als er erfuhr, daß ich ein russischer Schriftsteller sei, lebte er auf, sagte, daß er als Student Gedichte geschrieben habe, er habe vier Artikel im »Militärischen Beobachter« veröffentlicht, habe sogar an eine Karriere als Kriegsberichterstatter gedacht, doch dann habe der Dienst das Seine gefordert. Er war um die 55, offenbar ein kluger und guter Kerl, sonst wäre er nicht beim Oberleutnant hängengeblieben. Die Schaffnerin brachte Kaffee und Zwieback. Und wir begannen ein Gespräch über die deutsche Literatur unseres Jahrhunderts.

– Jede Generation der Deutschen hatte in der Kultur ihre Scylla und Charybdis, – sagt er und streift sich mit der Serviette die Zwiebackkrümel vom Ärmel. – Für meine Generation waren das Thomas und Heinrich Mann. Der Neoromantismus des einen, der Neoklassizismus des anderen – bilden ein eigenartiges Magnetfeld mit zwei Polen, durch das meine Generation hindurchgeschritten ist. Und glauben Sie mir, kaum jemand hat sich dem entziehen können. Auch ich nicht, – lächelt der Obersturmbannführer und streicht mit einem Anflug von Trauer über das Hakenkreuz auf seinem Ärmel. – Ich gebe zu, noch heute bin ich bereit, die Feuchtigkeit aus der Kniekehle der Madame Chauchat zu trinken, wie aus dem Heiligen Gral. Und mein Freund

Walther, unser Divisionsarzt, geht nie ohne die Buddenbrooks schlafen. Wir deutschen Intellektuellen haben zwei Extreme: entweder die Turinsche Euphorie des göttlichen Friedrich, oder den kategorischen Imperativ des großen Immanuel. Aber verzeihen Sie, was rede ich hier dauernd von den Deutschen! Sagen Sie mir, trifft es zu, daß die sowjetische Literatur zur Zeit eine ziemlich dramatische Phase durchläuft? – Und schaut mich an, wie es nur die Deutschen können: zutraulich und verständnisheischend. Was, was soll ich diesem netten Menschen antworten? Daß die kulturelle Situation im Lande schrecklich ist, und die der Literatur ungeheuerlich? Daß Frechheit, Nihilismus, Ungebildetheit in den Rang nicht nur einer Würde, sondern sogar einer Qualität erhoben worden sind, unabdingbar für einen Schriftsteller, will er emporkommen auf der blutbefleckten Leiter der Literatur? Daß die Krähenschwärme zügelloser Taugenichtse von Kritikern voller Gier den Körper der darniederliegenden Russischen Wortkunst zerfleischen? Daß meine literarische Generation eingequetscht ist zwischen zwei tödlichen Mühlsteinen – den Bleiköpfen der Frontkämpfer, die Stalinisten sind, und den jungen Herostraten der Literatur, die die Russische Kultur im unheilverkündenden Widerschein ihrer eigenen Pyromanie betrachten? Daß ich im vergangenen Monat drei meiner besten Freunde verloren habe? Daß ich meiner Mutter ins Gesicht gespuckt habe? Daß ich meine Schreibmaschine mit der Axt zertrümmert habe? Daß ich von Menschen mit verfaulenden Köpfen träume? Daß ich

abends meine eigenen Hände nicht sehen kann? Daß ich Angst habe vor meiner Kommode? Heiliger Gott, Heiliger Starker, Heiliger Unsterblicher, sei uns gnädig.

4. 5. 1990. Alles Wichtige verschlafe ich immer hoffnungslos. Mein fatum. Kaum hatte ich die Augen aufgeschlagen, den Kopf gehoben, als ich begriff, daß wir Die Stirn längst passiert hatten und über Die Nasenwurzel fuhren. Mein Gesprächspartner von gestern war verschwunden, zusammen mit seiner Aktentasche. Zum dritten Mal überschreite ich die Grenze nach Deutschland, und zum dritten Mal verschlafe ich Die Stirn. Was ist das? Der Anarchismus des Russen? Oder einfach Oblomov? Oder vielleicht - das frühe Alter? Es ist zu dumm. Noch gestern abend, als der Obersturmbannführer und ich, im Speisewagen sitzend, čechisches Bier zu ungarischer Pálinka tranken, waren am westlichen Horizont einige gigantische Hügel von ebenmäßiger Form erschienen, auf die mein Gegenüber sofort anzustoßen vorschlug. Nach einigem Schwanken war ich einverstanden. Alle Wege aus Rußland nach Deutschland führen über Braunau. Das ist völlig im Geist der Zeit, vollkommen. Hier sind auf einer Fläche von über 10 000 km^2 innerhalb von elf Jahren gigantische Erdarbeiten vorgenommen worden. Unter Speers Führung haben Tau-

sende von Menschen und Maschinen aus der hiesigen Landschaft SEIN Gesicht geschaffen, das zum Himmel aufschaut. Photographieren und Luftaufnahmen sind kategorisch verboten. Ich weiß, daß Armstrong und Stafford es aus dem Weltall photographiert haben. Auch Unsere haben es mit Sicherheit photographiert, photographieren es und werden es photographieren. Lächerlich. Eben fährt der Zug Den Nasenrücken entlang, erklimmt den höchsten Punkt Der Nasenspitze. Dort befinden sich – der Bahnhof, die Zollstation, wieder das qualvolle Ritual der »Grenzüberschreitung«, Fernrohre zum Beobachten des kosmischen Eises, das Opfermal aus den Gebeinen der unterworfenen Völker, Biogewächshäuser, Kolumbarien. In allem das Umschlagen in eine ungesunde Megalomanie. Das Gefühl für Maß, das Gefühl für Maß. Wie sehr es dem XX. Jahrhundert fehlt. Dergleichen Götzentempel errichten Kunstbeamte, nicht wirkliche Künstler. Le Corbusier hätte das anders gemacht. Ein langes Warten steht uns bevor, sechs Stunden etwa, dann wird der Zug von einem Speziallift hinuntergelassen auf Die Oberlippenrinne. Hier erst liegt das eigentliche Städtchen Braunau, das die Rolle Des Schnurrbarts versieht. Man hatte es dazu ein wenig erweitern und ihm die nötige Form verleihen müssen. Weiter – Die Lippen, Das Kinn. Aber warum nur, warum beunruhigt mich immer das, was weiter sein wird? Warum, woher das Unvermögen und der Unwillen, den gegenwärtigen Augenblick zu leben? Wie lange wird das russische Bewußtsein hin und her balancieren zwischen Vergangen-

heit und Zukunft, ohne die Gegenwart zu beachten? Gibt es eine Grenze für unseren gnoseologischen Durst, für unsere metaphysischen Ambitionen? Wie lange werden wir uns vor Dem Geist aufführen wie die Manichäer, indem wir ihm Das Durch Uns Erniedrigte Sein entgegensetzen? Wo ist die relative Zurechnungsfähigkeit? Wo die Relevanz? Herrgott, wann endlich lernen wir einfach ZU LEBEN? Recht hat Berdjaev: »Die Russen neigen dazu, alles totalitär aufzufassen.« Warum nur, Herrgott?

5. 5. 1990. 4 Uhr und 16 Minuten. Gott sei Dank, habe nicht verschlafen. Es ist schon hell, aber bis Sonnenaufgang sind es noch 40 Minuten. Saturn steht noch immer in Opposition zu Jupiter, bewegt sich aber schon in Richtung Mars. Das I Ging verspricht einen unverständlichen »Brunnen« und »Weinen des Eichhörnchens«. Die Slaven ebenfalls unverständlich. Der Zug kriecht wie eine Schnecke über eine Klinge. Merke dir, merke dir alles. Lebe diesen Augenblick. Hier die Schienen, die Betonschwellen, hier der Nebel, aus dem das Ungetüm des Hauptbahnhofs München auftaucht, hier der Weichensteller, hier die Patrouille mit zwei Schäferhunden, hier der Bahnsteig, der Bahnsteig, wie lang, wie lang er sich hinzieht. Herrgott, wie lang! Unser ganzes Leben müssen wir warten, hoffen, glauben, darauf

vertrauen, daß uns die HAUPTSACHE nicht entgeht. Und dann entgeht sie uns, und wir drehen uns wie wahnsinnige Nebukadnezare im Kreis und fressen das von uns zertretene Gras? Herrgott, ist wirklich alles eitel? Die letzten Zentimeter einer qualvollen Reise. Herrgott. Stop. Ich stieg aus. Und erblickte sofort das Empfangskomitee: ein, zwei Waggons weiter vorn – drei in Uniform. Sie kamen auf mich zu. Unterscharführer Willi und zwei Soldaten von der inneren Lagerwache. Willi lächelt:

– Wie geht's, Herr Schriftsteller?

– Danke, Willi. Nicht schlecht.

Ich drücke die feste Bayernhand, die Soldaten nehmen die Koffer. Wir schreiten durch die Bahnhofsmenge ins Freie und begeben uns in zwei Motorrädern mit geräumigen Seitenwagen auf den Weg. Von München bis Dachau sind es etwa 30 Minuten, genau dreißig, eine halbe Stunde, aber das ist eine Straße, nein, DIE STRASSE, die Straße, oder, Herrgott, die Straße, das ist das Nervenflattern, stetige Zunahme der Herzschläge, die Erschöpfung nach dem langen Warten, das, das ist der bayerische Abendwind, Ruhe und Ordnung, die blühenden Kastanien im Vorbeiflug, die Grüße der Bauern Grüß Gott!, das ist die morgendliche Erektion, das sind, schließlich, die zwei scharfen Kurven der Straße, Büsche, Gras, die Wachttürme, Stacheldraht, Haare, das Lagertor. Die Kontrolle der Dokumente, qualvoll süß, daß es einem den Verstand benimmt, die präzisen Fragen der sympathischen jungen Männer, die jungen Augen, die einen mit freundlicher Eindringlichkeit unter

dem Tschako hervor anschauen, das bezaubernde Knurren der Schäferhunde, das Rascheln des sowjetischen Passes in den zuverlässigen deutschen Händen, das betörende Quietschen des Schiebers, des Riegels, das Kreischen, nein, nein, das Säuseln, das Flüstern des sich öffnenden Lagertores, die Herzstillstände, die kalten Hände, die fiebernden Wangen, der beschlagene Zwicker, der Kies, der Geruch, nein, der LAGERGERUCH, der heilige, heimisch-vertraute, geliebte Geruch, der einen wortlos macht, der einem das Herz zerreißt, die langsame, langsame, langsame Fahrt über den Kies, nur nicht ohnmächtig werden, herzliches Gebet und die Hoffnung, die Liebe und DER GLAUBE an die Macht DES GENUSSES, der sich in der Brust ausbreitet wie ein wahnsinniger Baobab, oh, wie berückend, wie betörend herrlich sind seine Wurzeln, die erbarmungslos Lungen, Magen und Darm durchdringen, sich verzweigen mit den Venen des Sonnengeflechts und die Höhlenkörper des Glieds mit kochender Freude erfüllen, wie er sich die Krone wünscht, die sich im Hirn verströmt in Milliarden glänzender göttlicher Blätter, wie er sich den Stamm wünscht, der mir gnadenlos die Kehle aufreißt! Wir halten. Der Appellplatz. Herrgott. Herz, Herz, halt. Lerne, den Wein des Genusses tropfenweise zu trinken, ohne dich dabei zu verschlucken. Klettre aus dem Seitenwagen, schreite über den morgendlichen knirschenden Kies, blicke in den Ozean des Nebels, der fett ist wie die Milch einer bayerischen Witwe, lerne die dir bekannten Konturen unterscheiden: die einzige Baracke, das Verwal-

tungsgebäude, das Gefängnis, das Mahnmal für die Opfer, und dort, in der Ferne, im milchigen Nirwana, wie ein Leuchtturm für verschwitzte Kolumbusse – der Schornstein des Krematoriums, der Schornstein, der Schornstein, Herrgott, deines Höllen-Aherons, der Schornstein des Paradiesischen Aussaugens, der Erste Schornstein: die Erste Posaune aus dem Orchester der Korrektoren des Menschengeschlechts, DER SCHORNSTEIN: DIE POSAUNE OMEGA, Schornstein: Posaune des Ewigen Orgasmusses derer, die hindurchgehen wegfliegen, Brauner Tornado der Entartung, Von Händen Geschaffener Lift In Die Gemächer Des Nierensteinkaisers, Katapult Zum Großen Sprung, Schrecklicher Evaporator Der Seelen, nein, nein, nicht ALLES auf einmal, nacheinander, das Gewünschte, langsam, Schritt für Schritt erwache zum Leben, Göttlicher Mechanismus Der Erkenntnis, beginnt euch zu drehen, blinkende Schwungräder des TEUREN, des LIEBEN, mit Sperma, mit Sperma will ich deine goldenen Kugellager schmieren, Blut, mein Blut gieße ich in deinen silbernen Karburator, das Fleisch meines Körpers werfe ich in deinen brüllenden Ofen, blitzt, blitzt, Platinränder des Rades Des Genusses, knirsche, knirsche, Kies Des Vorgeschmacks, bereitet mich vor auf die Begegnung mit Dir, GÖTTLICHE, UNMENSCHLICHE, QUALVOLLE, VERGÖTTERTE, SCHRECKLICHE, LIEBE: sie erscheint immer rechtzeitig-unvorhersehbar im Raum der Erwartung, wie die Kristalle in übersättigter Lösung, wie auch jetzt, da schon ein Segment von Sonne da ist und

Vögel jenseits des Stacheldrahts, und der Geruch, der Geruch und das Knirschen, SIE aus dem Nebel schräg über den Appellplatz auf mich zukommt, sie schreitet auf mich zu, vorbei an Galgen und Guillotine, SIE, die doppelköpfige Frau in schwarzer Gestapo-Uniform, Meine Höllische Geliebte, links – Margarethe, rechts – Gretchen, *MARGARETHE:* – meine süße, weißblonde, weiche, schweigsame, das Haar der Loreley, die Augen der Lilith, die Lippen der Sappho, die Zärtlichkeit der Lara Doktor Živagos und der Lotte von Weimar (im Sinne des Zaubers); *GRETCHEN:* – die Schwarzblaue, der Rabenflügel, die Augen der Brunhilde, das Gesicht der Brunhilde, die Stimme der Brunhilde, die Lippen der Salome, die Entschlußkraft der Lady Macbeth aus dem Kreise Mcensk, die Unbeugsamkeit der Wanda von Sacher-Masoch, die Zügellosigkeit der de Sadeschen Justine. DU bist 23 Jahre alt, IHR seid 23 (»Der Untergang« nach dem I Ging, »Hirschrippe« den Slaven zufolge), DU kamst zur Welt am Tage des Atombombenabwurfs auf London, Glasgow, Liverpool und Manchester, während, steh still mein Herz, Herrgott der Kraft und des Ruhmes, während tosend die Plutoniumpilze in den Himmel wuchsen, deine Eltern starben vor 5 Jahren den Heldentod, nein, nein, Mein Geliebtes Dichothomisches, während der Invasion New Yorks, DICH aufgezogen hat die Heimat, Margarethe – ein Hauptsturmführer SS, Gretchen – ein Sturmbannführer SS, der Reichsführer SS hat dich dekoriert, zum ersten Mal sind wir einander begegnet auf der VDNCh im Pavillon »Kosmos«, ich folgte EUCH, Dir, sofort,

Du, wir stehen am Pavillon M »Schweinezucht«, dort lagen
Säue, die 1500 kg wogen, MAN sie konnten nicht stehen.
Welche banalen Fragen, SOLLS Du Engel der Hölle, es
scheint, Herrgott, nein, MANSOL fragte nach Lilien, son-
dern nach diesen Ebern MANSOLLS s eigentliche Nirwana,
das Fett garantiert B MANSOLLSIC wegungsunfähigkeit,
bewahren Gewicht, MANSOLLSICH d.h. das Nirwana,
ja, unser Nirwana MANSOLLSICHNI erwerben, nehme
ich ein Stück in d MANSOLLSICHNIC schweren Specks,
im Namen von MANSOLLSICHNICH rieden, Freiheit.

MANSOLLSICHNICHT
MANSOLLSICHNICHTMA
MANSOLLSICHNICHTMAN
MANSOLLSICHNICHTMANS
MANSOLLSICHNICHTMANSOL
MANSOLLSICHNICHTMANSOLSI
MANSOLLSICHNICHTMANSOLLSIC
MANSOLLSICHNICHTMANSOLLSICH
NICHTDEMEITRIGENWAHNSINNIGEN
VERWESENDENVOMBLUTIGENSPERMA
DERGEWALTTROPFENDENSCHWANZ
DESTOTALITARISMUSWIDERSETZEN,
MANSOLLSICHIHMMITGENUSSUND
MITGEWINNFÜRDIEALLGEMEINHEIT
HINGEBEN. V. I. LENIN

ZELLE 1: gleich geliebte da ich in dem sessel eine
art zahnarztstuhl und zangen und du meine

liebste mit reitpeitsche und unten unbekleidet mich dagegen fesseln sie kacheln viel licht und zuerst schlägst du pfeifend auf die füße bis sie ganz blutunterlaufen sind und ich weine dann aber die zange und der kleine fingernagel und du geliebte sagst du hältst das aus russisches schwein ich aber weine und pisse mir auf die füße die zerschlagenen füße du aber zeigst mir in der zange den fingernagel den du mir gerade ausgerissen hast schau ihn dir genau an er hat ähnlichkeit mit dem blütenblatt einer geranie iß ihn auf und ich ich schlucke ihn herunter.
ZELLE 2: kalt dunkel ratten der arm tut weh und die füße nebenan wird ein amerikaner vergewaltigt herrgott wie viele leiden auf der welt kommt herein ihr und georg und als sie ihn hängten schrie er wie als kleines kind mama die elektroden eine an den hodensack die andere ans ohrläppchen mama gretchen küßt georg margarethe schreit ich solle alles mama gestehen alles alles unterschreibe ich aber sie machen weiter immer weiter alles unterschreibe ich ihr lieben alles gestehe ich sie küssen sich ich schreie und der amerikaner stöhnt ich habe unterschrieben ich hätte mich aktiv beteiligt an der erprobung der ersten gaskammer auf die stirn schrieben sie mir das wort faschist.
ZELLE 3: weiche möbel fernsehapparat georg du kurt sie führen mir vor wie sie mich gefoltert

haben ihr eßt zu mittag mir geben sie nichts ich sehe mich auf dem bildschirm kurt bittet erzähle uns von dostoevskij ich erzähle ihr eßt trinkt bier schaut mich an und hört zu dann danke für den vortrag herr schriftsteller und pißt mir nacheinander ins gesicht genau wie nikolaj petrovič.
ZELLE 4: beton und bretter du erzählst mit deinen worten über lautsprecher meinen vortrag gretchen einen antrag margarethe einen anderen essen will ich hunger schwäche warum bin ich hierher gekommen du bist einfach gnadenlos so darf eine frau trotz allem nicht sein.
ZELLE 5: seit dem morgen schläge und herrgott hört auf nur bis aufs blut und ihr ihr schreit mich an ich solle weitererzählen von dostoevskij von raskolnikovs beichte und ich nicht in die eier ich weinte nur und drei reitpeitschen und herrgott du gretchen kennst kein erbarmen und margarethe schreit mir ins ohr und ich erzähle dann ich auf dem boden und alles tut weh aber du mit den absätzen mir in die brust und ich erzähle von der beichte und von sonečka marmeladova doch du blickst auf mich von oben herab und kurt und steffen berühren dich von unten und ich bekomme keine luft die absätze sind scharf und sie berühren dich und du hochrotes gretchen und margarethe schreit mich an lauter lauter lauter schwein dann wieder schläge auf die fersen du

fragst nach sonečka und schlägst weiter und kurt und steffen streicheln dich und trinken bier. ZELLE 6: am morgen kam sie herein und streute runen aus ruhe und erwartung ich flehe um etwas zu essen zu trinken küsse die stiefel bitte schrecklicher durst und hunger sie ging mit einem lachen hinaus in der decke eine luke und durch die luke ließ sie an einer schnur ich flehe ließ sie ein stück ließ sie eine hammelkeule gebraten herab ich halte meinen mund darunter frisches hammelblut ich fange es auf mit dem munde verschlucke mich fange es auf trinke bis zur ermattung dann beiße ich in das rosa fleisch zerre auch du zerrst margarethe lacht und gretchen sagt hab mitleid ich beiße ab mal weiter oben mal weiter unten schmeckt unbeschreiblich gut ich esse liebste esse und in der luke deine gesichter geliebte mein engel ich esse wie zum ersten mal im leben wie eben erst geboren durch essen werden wir wiedergeboren wie die phoenixe wie die osirisse wie dionysosse wie christusse und du margarethe du lachtest wolltest mich nicht weiter essen lassen gretchen ließ mich ich nagte ab der weiße knochen an der schnur und dann erklärtet ihr mir über lautsprecher ich hätte eben den schenkel des russischen mädchens lena sergeeva gegessen und ihr blut getrunken ihr werft mir ihr photo herunter ein liebes liebes russisches gesicht herrgott ich

weinte betete bis in die nacht der knochen an der schnur und ich schlief ein ich träumte meine mutter führt mich in die kirche st nikolaj in der kropotkinskaja ich bin ein kleiner junge und aus ihrem rücken fallen stücke ich fange sie in einer einkaufstasche auf und weine und um mich her erklingt gesang christ ist erstanden von den toten und mama lächelt.

ZELLE 7: lange ist sie nicht erschienen alles holzverkleidet grob aber lackiert doch dann kam sie herein du kurt vier soldaten und ein schäferhund du streutest runen aus gretchen sagte sehr gut volle vergünstigung die soldaten packten mich und hielten mich der rüde vollführte eine sexuelle attacke auf meinen anus und gleich darauf steckten sie mir einen pfropfen in den after fesselten mich mit einer zwangsjacke und ließen mich allein gretchen sagte russischer schriftsteller mit dem sperma eines deutschen schäferhunds im arsch mal sehn wie lange du das durchhältst.

ZELLE 8: phantastischer luxus die wände aus marmor eine gigantische badewanne sie setzten mich gefesselt hinein und gingen hinaus musik musik von oben von der decke wagner lohengrin bläuliches licht ein großer vergoldeter wasserhahn und ein dicker klebriger strahl mein bein entlang ein dunkelbrauner schleim mit würmern ungeheuerlicher geruch es floß und floß ge-

räuschlos und wagner und ich gefesselt an den wannenboden und es floß es floß herrgott und langsam langsam füllte sich die wanne die warme brühe mit trägen würmern bis an den bauch bis an die brust bis an die kehle ich recke den hals das kinn bis an den mund es schüttelt mich ich habe angst mich zu bewegen die tür geht auf ein langer blauer korridor am andern ende du in weiß und wagner wagner gretchen singt lohengrin und margarethe elsa das duett dann ist es zu ende stille und nur das leise rascheln der würmer kurt kam herein mit einem löffel georg mit einem teller iß es ist suppe aus den besten körperteilen deiner jungen landsmännin iß oder wir geben dir die würmer zu essen ich öffne den mund schlucke bete der löffel der löffel eins zwei drei heiliger gott heiliger starker heiliger unsterblicher achtzehn löffel ich weine sie lachen ich fürchte mich zu erbrechen verschlucke mich oder die würmer lachten sie rauchten dann kurt idiot das ist kalbsbrühe wir haben doch nur spaß gemacht und gingen hinaus ich weinte beruhigte mich aber wieder wagner götterdämmerung und da kamst du herein in einem weißen wunderbaren kleid und schautest traurig margarethe und geistesabwesend gretchen und sagtet haben spaß gemacht diese grobiane von mannsbildern suppe aus lena sergeeva.

ZELLE 9: der bauch aufgeschwemmt schmerzen im darm ich gefesselt in die zwangsjacke stroh wenig licht am morgen holten sie mich aus der wanne wuschen mich und ernährten mich zwangsweise mit erbspüree und knödeln ich bat und bettelte alles tat weh den tag übergelegen der pfropf steckt fest sie macht führungen für die hiesige bevölkerung zeigestock russischer schriftsteller mit pfropf im arsch kinder und alte wollten es nicht glauben sie zeigen ihnen den pfropfen ich bitte flehe weine mir reißt noch der schließmuskel gretchen russische intellektuelle sind geduldig margarethe schaut und lächelt betrübt um drei erneute fütterung ich schrie schlug um mich sie schlugen mich auf die beine traten mich mit ihren stiefeln nudelten mich mit gemüseragout gegart in lenočkas fett flößten mir dunkles bier ein danach nein nachtisch erdbeeren mit schlagsahne eis mit früchten stopften sie in mich hinein ich brüllte und herrgott herrgott sie stoßen apfelkuchen nach und schütten kaffee in mich hinein mokka mokka gemahlen in einer goldenen elektrischen mühle o unser armes volk herrgott die leiden gott wie viele leiden mama ich berste ich breche ich platze wieder führung besichtigung nachts abends abendessen lenočkas nieren in saurer sahne nein kartoffeln nein hineingestopft gewürgt gestoßen mama bier bier bier blut und

bier ananas nein ich habe todesangst gott sei uns gnädig in deiner großen gnade durchbruch spiel doch auf magendurchbruch mit deutschem kopf mit pfropf im arsch herrgott nachts ein verhör hier unterschreib und wir lassen dich scheißen unterschreibst du nicht dann darfst du auch nicht scheißen und ich mama herrgott ich habe unterschrieben.

ZELLE 10: nachts bewußtlos ich fand mich auf dem platz die menge der hiesigen bevölkerung ein frauenbataillon der ss podest ein stuhl mit einem loch im sitz mikrophone unter dem loch mama dein photo du aufgebahrt im sarg mamočka vergib mir und sie sprechen das russische mama ein russischer schriftsteller mama und auf befehl des gruppenführers durfte ich scheißen sie zogen an der schnur und herrgott das ist der pfropfen er dort und mama ich ich vergib mir und verzeih mama ich laut mit donner mamo mamočka ich rausgezogen mama ich mamo auf dich sarg aufgebahrt auf eignes mamoč laut und hohngelächter aber mama ich vergib mamo ich bin nicht schuld ich in ganz groß germano laut auf die mutter ich das tote vergib danach dann unterschrieb ich in der zelle ich sei agent der cia mama ich habe unterschrieben du hättest papa ermordet.

ZELLE 11: gemütlicher bescheidener raum und stille tisch bett regal mit büchern ein überlebens-

großes porträt von lena sergeeva an der wand ich lese frühlingsfluten von turgenev das beruhigt damals konnte man noch lieben damals lebten noch die ideale stark der glaube die liebe zur heimat zu vater und mutter alles was das zynische zwanzigste jahrhundert mit blut besudelt hat und in den schmutz getreten zu mittag lenočkas lende mit pilzen beaujaulais nußeis pilzlikör ich lehnte ab nach černobyl ist das gefährlich dann arbeit ich fülle kleine kissen für invaliden mit frauenhaar blondes ist erheblich seltener ich dachte an margarethe um wieviel weicher weiblicher sie ist als gretchen um sechs uhr prügel um acht masturbation vor dem dritten regiment des frauenbataillons.

ZELLE 12: ich unterschreibe alles nein nein nicht ich unterschreibe alles nein nicht dahin verzeihen sie ich unterschreibe ich unterschreibe nein nicht ich werde nicht ich unterschreibe alles unterschreibe alles ich unterschreibe alles nein nicht ich unterschreibe alles nein nicht ich unterschreibe alles nein nicht ich unterschreibe gute nein nicht ich unterschreibe noch nein nicht tiefer nein nicht ich unterschreibe tiefer nein nicht ich unterschreibe tiefer nein nicht ich unterschreibe tiefer nein nicht tiefer.

ZELLE 13: einzelzelle beton sack dann die arbeit im steinbruch wenn sie uns wenigstens hand-

schuhe gäben bis zum mittagessen schwer erträglich dünne suppe aus lenočkas eingeweiden erbsknödel in lenočkas fett gebacken Зрзацbrot dafür sauberes wasser besser als das moskauer arbeit arbeit arbeit махт фрай steine steine zeit sie aufzulesen und sich zu lösen aus der umarmung mit autismus und introversion arbeit reinigt den kopf nicht von ungefähr hat tolstoj gemäht gemäht es ist alles zum mähen bereit euer durchlaucht steine steine steine wie chlebnikovs tafeln des schicksals wieviele von ihnen haben unsere intellektuellen auf sich übertragen ohne sich die zeit genommen zu haben die keilschrift des schicksals zu entziffern des eigenen schicksals unserer alphas und omegas stolz anarchismus oblomov das sind die drei pfeiler drei wale drei steinerne schildkröten auf denen unsere nöte und leiden beruhen und immer immer dieser mangel an bescheidenheit und innerer kultur nicht im sinne von geist und genialität sondern im sinne einer kultur des verhaltens herrgott wieviele ohrfeigen hat mein gesicht empfangen wieviel spucke ist in meinem bart hängengeblieben aber doch nicht von proletariern und kleinbürgern das ist es was zur vorsicht mahnt wenn wir einander selbst anspucken verlieren wir die zukunft riskieren unsere erbmasse und unterdessen kopiert die situation mit bedrohlicher genauigkeit das ende des jahrhun-

derts die götzenbilder des vergangenen sind furchtlos entthront die zukunft ist dunkel wie das meer vor einem gewitter und das menschengeschlecht steht zwischen einem sarg voller staub und einer leeren wiege um sechs auf dem appellplatz wird der amerikaner gehenkt exakte kommandos trommelwirbel das furzen des unglücklichen vor dem tode schrecklich schrecklich alle gehenkten haben in der regel eine erektion ein ozean der leiden umspült deinen thron herrgott bis wann bis wann am abend prügel danach einen vortrag über die zeitgenössische sowjetprosa die namen merken babaevskij bondarev bitov baklažanov.

ZELLE 14: da schwein dürres da schwein da da dürres schwein da schwein schwein dürres da schwein schwein dürres da da schwein da schwein da schwein dürres da schwein schwein schwein dürres da schwein da dürres drecksau da schwein da schwein dürres da du da dürres schwein da schwein schwein dürres da schwein dürres da schwein dürres drecksau dürre da schwein dürres schwein dürres da du schwein schwein dürres da schwein da da schwein dürres da schwein da da dürres schwein da schwein schwein dürres da schwein schwein dürres da da schwein da schwein da schwein dürres da schwein schwein schwein dürres da schwein da dürres drecksau da schwein

da schwein dürres da du da dürres schwein da schwein schwein dürres da schwein dürres da schwein dürres drecksau dürre da schwein dürres schwein dürres da du schwein schwein dürres da schwein da.

ZELLE 15: durchschlagen und durchboh nadel nadelomano christo christhäutiges gottfleisch leichenschlagen eingeweidezertreten zack zacko zack ficko eiter so eitrige leichenhaut gottesmutter so leichenhäut gottes so so zack zack zack.

ZELLE 16: ein raum vom typ hotelzimmer dusche wc runder spiegel über dem waschbecken jedesmal steht soll ich rußland verlassen als mit meinem gesicht eine seltsame metamorphose geschieht die gesichtszüge verschieben sich kaum merklich an andere stellen und bilden ein neues gesicht das verschwommen an das ehemalige erinnert aberration der physiognomischen topographie augen nase schnurrbart bart alles andere sogar der zwicker glitzert anders die bewegungen wievieler automatismen zahnbürste bartschere nagelschere kamm das sind unsere ewigen unterdrücker und derrida hat recht jede automatische bewegung textuell jeder text ist totalität wir sind in einem text folglich im totalitarismus gefangen wie die fliegen im honig und ein ausweg der ausweg ist allenfalls der tod nein das gebet das gebet und die reue heute betete ich für die reisenden

und unschuldig ermordete kinder bis zum mittagessen die aufzeichnungen eines jägers gelesen danach geschlafen tüten geklebt um neun brachten sie kein abendbrot legte mich mit dem adelsnest schlafen zehn elf um mitternacht ein soldat mit einem bündel ziehen sie sich um sie werden auf dem appellplatz erwartet oh gott entfaltete die wäsche frack zylinder handschuhe schuhe spazierstock fuhren mit dem lift nervöses zittern nacht sterne an der stelle des galgens ein reichgedeckter tisch für zwei kerzen vier diener in weiß und du in einem wunderschönen abendkleid zwei zigaretten in weißer und schwarzer zigarettenspitze wundervolles nachtmahl vivaldis violinkonzert die vier jahreszeiten und champagner und dessert und du meine geliebte und die kühle und chinchilla um die schultern und die nachtigall im wäldchen dort am krematorium und gretchens augen margarethes augen lächeln und das maschinengewehrfeuer hinter dem wald auf dem schießplatz und unser spaziergang und der wind im stacheldraht und die in der dunkelheit blitzenden augen der soldaten auf den wachttürmen und deine hände und der kies unter den absätzen und die dunkelheit und der kuß margarethes und gretchens verwirrung und das heiße geflüstern von dreien und die in die finsternis geschleuderte mantille und die geliebten ersehnten schultern

und das beben margarethes und das undeutliche найн gretchens und meine lippen und margarethes und дункельхайт und die küße und gretchens versuch zu gehen und schritte schritte und wieder umarmungen und либлинг und найн und der plötzliche sturz in den graben auf erstarrte leichen und das zittern margarethes und das zittern gretchens und die нахтигаль und das машиненгевер und das knistern des samts und die spitzenunterwäsche und die süße feuchtigkeit eurer wunderschönen mösen warum warum eine für zwei und das stöhnen das stöhnen margarethes und das найн найн найн gretchens und майн майн бецаубернрдер шатц майн либлинг майне майне майне либе майне царте дойче блюме майне ма майне ихь ихь ихь мехьте дихь бис ауф ден грунд аусшлюрфен.

ZELLE 17: eine peitsche mit elfenbeingriff mit vier ruten geflochten aus büffelleder in die rutenenden bleidraht eingeflochten ein bambusstab mit zersplittertem ende eine gerte aus einem ulmenzweig mit leder bespannt ein gummischlauch gefüllt mit olivenöl drei zellophansäckchen ein irrigator für darmeinläufe einwegspritzen zwei stählerne keile ein handschuh aus judenhaut vier äxte ein haken ein sortiment sägen und nagelfeilen ein apparat künstliche beatmung ein

schraubstock gläser mit lymphdrüsen von engländern ein kruzifix bohrmaschine handschellen seidenschnur schlagring computer macintosh.
ZELLE 18: an ihrem po sind alle härchen abrasiert alles ist gepudert und ich in nasses eingewickelt damit es sich langsam zusammenzieht und ihr sphinkler ein kreuz und über dem gesicht und das kreuz des kots auf das gesicht das kreuz kot auf mein gesicht.
ZELLE 19: blaues geleeartiges nach den anstrengungen nach dem herausziehen und zittern nach dem auspressen und allmähliche periodische найн der länge nach ausgespannten найн найн найн найн найн найн найн найн über die leitenden über die rückenmarks über найн найн найн.
ZELLE 20: bis zum mittagessen hetzten sie uns mit ihren schäferhunden zwangen uns auf baumstämmen zu laufen glitschige steine zu fangen bekamen abends ein reichhaltiges essen drei stunden acht gänge sie sagte herzlichen glückwunsch das ist nicht mehr lenočka sondern der kleine judenjunge osja blumenfeld da kann man sehen wie verfressen russische schriftsteller sind sie hängten sein photo neben das von lenočka dazu

eine lebensbeschreibung ich weinte von der wand herab blicken zwei liebe kindergesichter lenočka aufgewachsen in der gegend von smolensk in einer schlichten bauernhütte sie lief zum himbeernpflücken an den fluß küßte das kalb auf die seidenweiche stirn lernte bastschuhe flechten kümmerte sich um den kleinen bruder fedja der ein säugling war osja wurde in žitomir geboren in der vielköpfigen familie eines jüdischen schusters lernte die schwierigen buchstaben alef bet waw half seinem vater beim fertigen des pechdrahts streunte mit den anderen jungen auf dem alten friedhof herum ging mit dem großvater in die synagoge um die kopfschüttelnden alten männer anzuschauen ihr meine lieben lieben hättet euch doch in zehn jahren treffen können irgendwo auf dem arbat oder auf dem kreščatik euch ineinander verlieben und durch die verbindung der wachheit des jüdischen intellekts mit der weite der russischen seele der welt eine neue cvetaeva schenken können ihr habt euch aber nicht auf dem arbat treffen sollen sondern in dem magen eines unglückseligen menschen um ineinander verklebt als verwesende zellen die weichen zickzacklinien des darms zu durchlaufen und auf gottes welt zu fallen als ein stinkendes denkmal unserer unmenschlichen epoche herrgott und warum das alles durch mich wozu herrgott

hast du mein fleisch erwählt zum versuchsgelände deiner launen warum stürzen qualen und leiden wie verfaulte bären auf mich ein warum ist alles zertrampelt verschleudert verkauft warum sind wir dazu verurteilt die pause zwischen den foltern für glück für ein glück zu halten in der der peiniger beiseitegeht um eine zigarette zu rauchen und das instrument zu wechseln wo ist die reinheit die welt wahrzunehmen wo die unmittelbarkeit wo die unbefangenheit wo die unschuld.
ZELLE 21: friß mich und ich werde wiederkommen aber friß mich ganz friß friß wenn die fetten regen dich mit traurigkeit erfüllen friß wenn der schneesturm übers land fegt friß wenn es heiß ist friß wenn niemand frißt alles was du gestern gefressen hast friß wenn aus den fettstellen kein fett kommt friß wenn es schon jedem zum halse heraushängt zu fressen denn ohne gefressen zu haben kann niemand verstehen wie du mich gerettet hast inmitten des feuers durch dein fressen wie ich gefressen habe nur wir beide du und ich werden es wissen du hast einfach fressen können wie niemand sonst auf der welt du magst nicht willst nicht ficken o was bist du für ein schöner mann ich kann nicht fliegen obwohl ich schon als kleines mädchen flügel hatte ihr deren pralle eier mich an segel denken ließen deren riesenfot-

zen schmatzten gluckten in einer wilden einer wahnsinnsvögelei ihr habt euer eiterleben gelebt und eure luststengel deckt der kühle schnee.
ZELLE 22: шмерц шмерц шмерц ich habe margarethe den antrag gemacht und шмерц шмерц шмерц und gretchen wurde leichenbla-шмерц шмерц шмерц ulden und verbergen unsere gefühшмерц шмерц шмерц wir sind keine kinder meшмерц шмерц ich bin vierund-dreißig шмерц шмерц шмерц ich liebшмерц und sie mich auch шмерц шмерц und ich bin nurшмерц шмерц wir geben uns einander völlig hinшмерц шмерц wird recht verstaшмерц шмерц шмерц шмерц шмерц gretchen muß mit verstaшмерц шмерц vor allem nicht am gängelband des egoisшмерц шмерц daß wir ohne einander nicht können шмерц шмерц unsere liebe steht in den himmшмерц шмерц geschrieben ich bin bereit ihn zu beweisen dies шмерц шмерц шмерц шмерц шмерц.
ZELLE 23: jajajaaaaaaaaaaaaaaaaaaaaaaaaaa es ist wie käse nur schlechter ekelhafter weicher ich bin überzeugt hätten wir einen ausreichenden vorrat des vorjährigen teilweise überarbeiteten stoffes achtundachtzig dann bestünde hoffnung auf eine rechtzeitige allgemein bürgerliche eucharistische faschistische intim-angewandte gottmenschliche detonichtverhaßte technologische positiv-zuläs-

sige legierte psychosomatische regierungsamtliche begründung der zahnfleischfäule und aufgerichtet hat sich der gliederfüßige parasit im kinde.

ZELLE 24: herr erbarme dich herr

erbarme dich herr erbarme dich herr erbarme dich herr erbarme dich herr erbarme dich herr erbarme dich herr erbarme dich herr erbarme dich herr erbarme dich herr erbarme dich herr erbarme dich herr erbarme dich herr erbarme dich herr erbarme erbarme dich herr erbarme dich des kopfes.

ZELLE 25: sie kreuzigten kreuzigten kreuzigten ihn wie petrus mit den füßen nach oben licht jupiter saturne ball maskenball strauß champagner gelächter lachte lautes grölen meine herren официре унд зодльдатен унд унд гретхенмаргарита und eine runde walzer mit allen herренофицирен der division mit dem ritualo stiefellecken ich mach es ihnen es lachte grölte zog гретхенмаргарита splitternackt aus und ich muß stiefelsohlen lecken und sie nackt ausgezogen und alle einhundertundzwölf ss официре мастурбирен und sperma auf гретхенмаргарита und gaben vibratoren aus und einhundertundzwölf vibratokörpererschaffung auf der mit sperma beschmierten гретхенмарго stimmverstärkung vibrostöhn wollusto und senkung des kreuzes und mein meine mund unter ihre analo und vibratoren und zwei reihen sechsundfünfzig официре vor dem kompanieгретхен und vor der kompanieмаргарита ablutschen ablutschen ablutschen des glied официро und wagner wagner mir mir in die mund deine geliebte deine

kotwalküre o du лебервурстоokoto walkürokot
flüge in meine mund meine mundo koto du du
iak iak iak iakot warm wagner kreuzesabnahme
legen in weißes grab auf dem tisch ich das nackte
meine herren официрен hahoho und in meinen
sarg entleerгешиссен auf mich zu zehnt zu zehnt
унд зольдатен унд шайсе шайсе шайсе
шмект дас бессер und ich mußte die hand aus
dem kot ziehen und drückot абдрюкен pistolo
revolver und russisches roulette es drückte es
drücke als sie entleer шайсе und an die schläfe
der schlohweißen russischen mutter fünfmal und
sie lebt sie lebt ich aus dem kot des зольда-
тенско офицеренско унд гретхенмаргарита
гезакт die belohnung belohno фюр русише
шрифтштеллер und ich im kot im kot das
gesicht nebenan verwest der kopf von osja blu-
menfeld und von lenočka lenočka und in den kot
in den kot den deutschen und die russischjüdi-
schen knochen und mir macht гретхенмарга-
рита im röhrchen kokaino ins nasenlocho über
dem kot das rheingold wagnerkotig und musi-
koin das musikoin und körper im kotgrab das
musikoin und körper im kotigen grabweiß
ich liebe dich ringsumher аллесофицирен
das pisskotige дуфт дуфтштербергешайс
meiner seele und dich über mir meinem
grabo koto begattete der обергруппенфюрер

вальтер дитрих und ich es liebte euch euch euch.

ZELLE 26: ich ausgestreckt ich ausgestreckt ich ausgestreckt auf dem gepreßten лайхено-eiter durchdr durchdrang durch leicheneiter рекеншверкрафто-körper und waschung begießung eiterströmung als ich es begießung оберстозаубермахен waschen des gastes aus dem entfernten tiefverschei und гутнахрихтен рейхсфюрер genehmigt uns uns hochzeit рейхсфюрер genehmigt hochzeit рейхсфюрер.

ZELLE 26: дурх дас ламм дас вир эрхальтен
вирд хир дер генусс дес альтен остер-
ламмес абгетан унд дер вархайт
мусс дас цайхен унд ди нахт дем
лихьте вайхен унд дас нойе
фэнгт нун ан дизес брот
зольст ду эрхебен
вельхес лебт
унд гибт
дас
л
е
б
е
н Die Trauung fand nach katholisch-orthodoxem Ritus statt, worüber sich ganz

ohne Frage Margarethe und ich wie auch alle interessierten Personen sehr freuten, zu denen ich allerdings Gretchen nicht zählen kann, die sich, gelinde gesagt, merkwürdig verhielt. Am Abend vor der Hochzeit, während die Braut eingekleidet wurde, hatte sie einen heftigen hysterischen Anfall, sie schrie Margarethe an, nannte sie eine »Hurensau, die sich an die Bolschewiken verkauft« hätte, schluchzte, schwor, sie werde sich um eine Audienz beim Reichsführer bemühen und ihm alles über die Verbrechen und den Verrat von Margarethe und Dietrich erzählen, sie spuckte sie an, zerriß ihre Kleider, drohte, sie werde in der Kirche, während der Trauung, auf dem Fußboden ihre Notdurft verrichten. Natürlich war ich gezwungen, den Regimentsarzt zu rufen, der ihr sofort eine Spritze gab, worauf sie in einen dämmerartigen Zustand verfiel, in welchem sie bis zur Hochzeitsnacht verharrte. Das lange Ritual der Trauung wirkte noch beruhigender auf sie, mit bleichem, gehemmten Gesicht lauschte sie den feierlichen Stimmen des weißbärtigen Vaters Pimen und des glattrasierten Paters Wiese, und zweimal überlief dieses Gesicht ein nervöser Krampf, – als das Hallelujah gesungen wurde und in dem Augenblick, als Margarethe und ich einander küßten. Aber wie schön, wie bezaubernd und herrlich war das Antlitz meiner Geliebten! Das göttliche Licht der Liebe ging von ihm aus, Margarethes blaue Augen strahlten, goldene Haarsträhnen schlängelten sich um ihre Wangen. Mit einem geradezu krankhaften Schaudern blickte ich auf ihre Lippen, als sie das ja! aussprachen, und dieser Laut erschüt-

terte mein Herz mit der Musik des Unvorhersehbaren, Wollüstigen, Lieben. Ein Traum, ein herber Wachtraum trug uns auf stählernen Fittichen: München, das Standesamt, das Defilee vorbei an eisigen und flammenden Hakenkreuzen, die Verneigung vor der Asche der Helden, das Küssen der Reliquien, die Kranzniederlegung, der Besuch des Sowjetischen Konsulats, die Rückkehr ins Lager, der feierliche Einzug über Köpfe hinweg in den Hauptsaal im Keller, der Tisch ein großes Kreuz, weiße Rosen, schwarzes Eis, Kerzen und Fackeln, SS-Offiziere und Champagner, Fahnen und Standarten der gesamten Division, Leoparden in blutigen Käfigen, die Guillotine, blauer Marmor und rosige Eingeweide. Die Bewegung, die Bewegung der erfahrenen Hände des Chirurgen, das Eindringen, das Eindringen des Skalpells in die Halsschlagader des Jünglings aus Florenz, das Blut, das Blut, das die Ränder des Pokals entflammte: trink, trink, mein blauäugiger Engel, den Wein der tausendjährigen Dauer aus den Kellern der Weltgeschichte, den Wein des Lebens, den Wein der Menschheit. Sphärenklänge, das Elixier der Unsterblichkeit, Verwirrung der Gefühle. Du trinkst, ich sehe dein schönes Gesicht, ich liebe dich, meine Loreley, wir küssen uns mit blutigen Lippen: die Musik, die Musik, die Musik des Kammerorchesters, liebste Venus im Spitzenschaum der weißen Unterwäsche, deine Hände, deine Hände, das silberne Oval der Schale mit farschierten Ohren, die würzige Konvulsion der weißen Sauce, der salzige Krampf des Herzmuskels: englische, afrikanische, russische, jüdische, deutsche, chine-

sische Ohren, die noch vor kurzer Zeit den Schreckenschoral unserer Epoche vernahmen, jetzt gebraten mit dem Hirn ihrer ehemaligen Besitzer, oh, durchstich, durchstich mit der silbernen Gabel die goldrote Muschel, nicht zu schnell, Liebste, auf daß wir in dem süßen Knuspern die Musik der Ewigen Wiederkehr vernehmen, auf daß wir dazu trinken den Lebenswarmen Wein des Lebens, auf daß wir uns freuen an Unserem Schwarz-Weißen Bund, auf daß wir essen von der Speise der Götter: führe mich, führe mich in das Silber-Kristallene Paradies der Tafel Unseres Neuen Lebens, speise mich, speise mich mit der Brust in Aspik von der Holländerin, dem Hauchzarten Schinken von der Französin, reich mir, reich mir die Purpurrote Blutwurst von griechischen Mädchen, rück näher, rück näher die Schale mit Jüdischer Zunge, gib, gib mir das Glas mit Polnischer Pastete, iß, iß mit mir das zarteste Roastbeef von Engländerinnen, eingefaßt in einen Kranz aus Irischen Blüten und Würsten, steck, steck mir in den Mund ein Stück Arabische Niere, eingeweicht in Montenegrinischem Blut, und endlich, endlich, führe, führe mich zum Höchsten und Letzten Gericht Unserer Übereinkunft, strecke, strecke Deine Rechten Hände aus, erhebe, erhebe den Goldenen Teller über die Häupter Unserer Freunde und Mitstreiter, reiche, reiche, reiche mir das Letzte, die Krönung der Tafel Unseres Neuen Lebens: das Herz des Novgoroder Artilleristen, gespickt mit dem Speck der Bayerischen Krankenschwester, heiße, heiße Dampfwolken verströmt sein Bordeauxrotes Fleisch, mit feinem Solinger Messer zerteilst du, zer-

teilst in zwei Hälften du den Fleischigen Granatapfel Unserer Liebe, es blitzt, es blitzt Dein Messer blau und weiß, es dampfen, es dampfen im Fleischdampf die Heißen Hälften, es glitzert, es glitzert, es glitzert das Gold Unserer Vereinigung, es singt das Kristall Unserer Klingenden Seelen, es fordert, es fordert das Eisige Blut des Unterworfenen Europa, aufgeschäumt vom Nächtlichen Sauerstoff Unserer Feier, trink, trink, trink, trink mit Lippen und Schlüsselbeinen, trink, trink mit Augen und Händen, trink mit Lungen und Wangen, trink mit Tracheen und Genitalien, trink, trink, trink den Wein der Höllischen Eröffnungen, den Wein des Paradiesischen Abendmahls, den Wein Unserer Berührung, den Wein aus den Schneekellern der Felder und Berge, den Wein des Neuen Testaments der Äxte und Blüten, trink aus, trink aus und wirf den Pokal der Durchsichtigen Entlehnungen auf den Marmorboden des Herbstlichen Reichtums, schrei, schrei heraus den Schrei der Dunklen Klinge, zerreiße, zerreiße, zerreiße das Kleid der Ersten Höchsten Würden, streck aus die Hände des Sturms und Drangs, drück ab, drück ab, drück ab den Abzugshahn der Roten Begierden, schieß, schieß, schieß, schieß aus dem Maschinengewehr der Hellblonden Freude auf Freunde und Mitstreiter, schieß, Bekränzte, schieß, Unmenschliche, schieß, Schwertgleiche, richte, richte, richte die heißgeschossene Mündung des Willens der Vorstellungen auf Köpfe und Körper, auf Schicksale und Beziehungen, auf Blutsbande, auf Verwandtschaftslinien, auf Geschäftsmuster, entferne, entferne mit dem Bleistrahl der

Liebe alle, außer mir, alle, außer mir, befiehl, befiehl mir zu zerreißen und zu trinken, zu zerreißen und zu trinken, befiehl mir, befiehl mir umzuwerfen, befiehl mir, Dich umzuwerfen, Marsgesichtige, auf die Warmen Leichen der Freunde, auf die Kalten Leichen der Feinde, laß, laß mich trinken, mich verschlucken am Bitteren Schaum der Spitzenwäsche Deiner Überzeugtheit, der Mir, Mir ins Gesicht gespritzt ist, in die Speicheldrüsen, in die Violette Kontur des Philosophierenden Stahlbetons von Ruhm und Gewalt, der Mich gezwungen hat Dein Antifamiliäres und Antibuddhistisches Prinzip der Ausgewählten Abhängigkeiten zu begreifen, das Prinzip der Pseudomagischen Verpackung von Gefühlsantinomien, das Prinzip von Pfeil und Lilie, laß, laß mich eindringen in die Westerwaldbüsche Deiner Venen und Arterien, in das Dickicht der Ehrlichen Quasianwesenheit, in die Spalten der Opferschwächen, in die Phosphoreszierenden Kavernen der Unverrückbarkeit, befiehl Mir zu erlauben den Bezaubernden Luxus im Verhältnis auf Deinen Heißen, Ausdauernden, Unvollkommen-Erstgeborenen, auf Deinen Geheimen:

ICH: blaue hämmer und eber des liebesbaums fange schläge kann richten kann aber nicht warten im namen der lehre.

MARGARETHE: wie habe ich geliebt im namen des eisigen feuers im namen von kindersehnen muskeln ich kannte mögliche schnittpunkte des violetten.

GRETCHEN: nicht tun nicht sprechen von quasten und baldachinen schweigen hoffen auf schwere morgenröten auf ziegelstein auf absage.

MARGARETHE: buchen und linden milch des himmels und das versprechen auf aderlaß lilien zermalmt von ziegelsteinen der kleiderliliputaner purpurn auch die netze der ornate.
ICH: die zurückliegenden teilungen flockiger hoffnungen die tür geöffnet nach dem galligen abendmahl rosige forderungen der magnaten.
MARGARETHE: lilien levkojen hyazinthen der wünsche der bleiernen gabe lied des versteinerten vogelhändlers erdbeere blutiger helden.
ICH: küsse den stahl und horche kenne und wisse die pseudowege irdener götter lausch der musik der morgendlichen pressen glaube den sodomiten des astralen.
MARGARETHE: auf den inseln der kommunistischen träume finden wir rohe stücke des verlorenen geborgten niederlagen der wenig ehrenhaften helden und ihrer hölzernen ärzte.
ICH: wenn man vom bläulichen ende des randes spricht und dem gelierten dann gäbe ich im grunde der nachstehenden reihenfolge den vorzug:

1. füllt meines magen darm mit abgenagten kopf gretchens.
2. annäht kopf margarethens an meine linke schult.
3. amutier mein extremität verarbeiten zu leim klebt tapeten.
4. füllt meinen rechtsdarm mit augen deutschrussischer kinder.

5. amputiert mein glid verarbeit zu schuhcreme geschenk an zk.
6. spickt meinen körper golde zähn jüd.
7. schießt meine körper dicke bertha in himmel groß deutschland.